여름입니다.
뜨거운 햇볕이
쨍쨍
내리쬐는데도
조로리 일행은
여행을
계속했습니다.

더워요, 엄마.
더워서 기진맥진!
아무리 강한
이 몸도
이런 더위는
견딜 수 없어.
아무것도
하기 싫어.

귀신들에게 둘러싸이고 말았습니다.

으흐흐흐흐흐.

방금 전까지 뻘뻘 흘리던 땀이

식은땀으로 변했습니다.

"이시시, 네가 쓸데없는 노래를 불러서

이렇게 된 거잖아!

얼른 모두 도, 돌아가라고 해!"

조로리가 벌벌 떨면서 말했어요.

"더, 더워도 참을 테니까 귀신 여러분,

제발 돌아가 주세요."

이시시가 울먹거리며 부탁할 때였어요.

갑자기 귀신 하나가 툭 튀어나왔어요.

꺄악!

"조로리 선생님! 부탁드릴 게 있어서

계속 찾아다녔습니다."

"앗, 요괴학교 선생님 아니신가!"

조로리는 요괴학교 선생님을 몇 번이나

도와준 적이 있어서 잘 아는 사이예요.

"이 몸에게 부탁이 있다고?"

☆ 요괴학교에 대해 더 알고
 싶은 사람을 위한 추천 도서
● 쾌걸 조로리 《공포의 저택》편
         《유령선》편
         《이상한 축구팀》편

"네. 이곳에는 나이를 너무 많이 먹어서
아무도 무서워하지 않는 귀신들이 있습니다.
이 귀신들에게 자신감을
되찾아 주고 싶습니다.
그걸 할 수 있는 건 조로리 선생님,
선생님밖에 없다고 저는 생각합니다."
조로리는 뒤에 서 있는 기운 없는 귀신들을
둘러보았습니다.

나이가 들어서 기운 없는 귀신들

과연 조로리는
이런 비실비실한
귀신들을 기운 나게
할 수 있을까요?

때핥기

번개 할배

배꼽목걸이

밤길에
팥을 가는 소리로
모두를 놀래 주곤 했는데
이제는 젊은 사람들이
팥을 가는 소리로는
놀라지 않아.
나도 이제 쓸모
없어졌나 봐.

옛날엔 더러워진
욕조의 때나
지저분한 아이들을
핥아 기분 나쁘게
만들곤 했는데 요즘엔
욕조도, 아이들도
깨끗해져서 내가
할 일이 없어졌어.

젊었을 때는
백만 볼트의
거대 번개를
만든 적도 있었지.
지금은 내 단칸방의
전기를 겨우
만들어 낼 뿐이여.
이제 은퇴해야
할까 봐.

☆ **팥**
오랫동안 팥갈기를
해서 질 좋은
팥을 구하기 쉽다.

팥갈이

모두 집합!

"음, 알겠어. 나이 같은 건 상관 없어.

의지라고 의지!

젊은 녀석들까지 벌벌 떨게 만드는

세상에서 가장 무서운 귀신으로 바꿔 주겠어.

이 몸에게 맡기라고!"

조로리는 가슴을 탕 쳤어요.

"우아, 믿음직한 말씀!

역시 조로리 선생님이십니다."

"하지만 말이지, 역시 놀래 주려면

적당한 무대가 필요해.

먼저 귀신 집이 될 만한 집을 찾아야겠군."

"조로리 선생님, 그건 걱정 마세요.

산속에 쓸 만한 집을 찾아 놓았으니까요."

"오호, 준비가 철저하시군."

요괴학교 선생님의 안내를 받아

산속으로 들어가니……

하지만 너무나 깊은 산속이어서 이틀이 지나도,

사흘이 지나도 누구 하나 지나가지 않았습니다.

게다가 더욱 괴로운 것은 더위였어요.

낮에는 햇볕이 쨍쨍 내리쬐고

밤에는 열대야 때문에 잠을 잘 수 없어서

모두 기진맥진 움직일 수도 없었어요.

그때 노시시가 한 가지 제안을 했어요.

"에어컨을 사지유. 에어컨만 있으면

시원해져서 일할 의욕도 생길 거예유."

모두 찬성해서 얼마 안 되는 용돈을 모아

중고 에어컨을 사기로 했습니다.

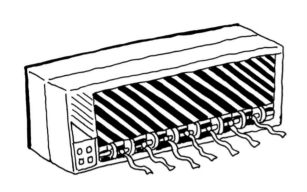

위이이잉 위이잉.

아무리 낡았어도 에어컨은 에어컨이죠.

집 안은 순식간에 시원해졌어요.

모두의 얼굴에 웃음이 돌아오고

한숨 돌리며 각자 하고 싶은 일을 하는

여유까지 생겼습니다.

그때 조로리가 벌게진 얼굴로 뛰어 들어왔어요.

"으아, 모두 여유 부리고 있을 때가 아니야.

밖을 보라고, 밖을!"

창밖을 내다보니 초등학생들이

선생님과 함께 산에서 내려오고 있었어요.

이 기회를 놓쳐서는 안 되겠죠?

어떻게 하면 저 아이들이 이곳에 들를 수

있을까요?

장난천재 조로리에게 좋은 생각이 떠올랐어요.

“번개 할배, 밖에 나가서

폭풍우를 만들어 주지 않겠나?”

“폭풍우라⋯⋯ 내게 그런 힘이 남아 있으려나.”

번개 할배는 자신 없는 표정으로 나갔습니다.

쿠르르르르릉.
번개 할배는 젖 먹던
힘까지 짜내어 북을
두드렸어요.
그러자 폭풍우라고
할 수는 없지만
소나기가
아이들 머리 위로
내렸어요.

우아,
비다!

"이히히. 솜씨가 좋은걸, 번개 할배.
계획대로야. 자, 저 녀석들에게
귀신의 무서움을 제대로 알려 주자고!"
조로리는 귀신들에게 안쪽 방에
숨어 있으라고 했어요.

너희도
안으로
들어와.

그런 다음 조로리는 할머니로 변장하고 아이들을 맞았어요.

네, 네. 많이 기다리셨죠?

여러분도 못 알아 볼만큼 변장을 너무 잘했네요. 이게 조로리랍니다.

이런 곳에 집이 있어서 정말 다행이에요.

비가 그칠 때까지만 신세 질게요.

하지만 벌써 저녁인걸요. 비가 그칠 때 쯤이면 여기는 깜깜해질 거예요. 분명 길을 헤맬 거라고요. 걱정 말고 오늘은 여기서 자고 가세요.

잠시 뒤,
아이들 앞에
저녁 식사가
죽 차려졌어요.

자아, 자.
사양하지 말고 드세요.
그릇도 이 할매가
직접 만든 거랍니다.
독특하고 멋진 그릇이죠?

조로리와 귀신들이 숨어서 만든
저녁 메뉴는 바로 이것!

식사가 끝나고 조로리 할매는
뒷정리를 하면서 이렇게 물었습니다.
"여러분, 이 집은 밤이 되면
귀신이 나온다는 소문이 있는데
무섭지 않나요?"
그러자 아이들이 말했어요.
"귀신이나 요괴 같은 건 없어요.
다 미신이라고요."

“맞아요. 무섭다고 생각하니까
모두 귀신으로 보이는 거랬어요.”
“오호, 선생님이 잘 가르치셔서
다들 똑똑하군요.
그런데 여기엔 텔레비전도 없어서
심심할 텐데……. 자기 전에 이 할매가
재미있는 이야기를 해 줄까요?”
조로리가 그렇게 말한 순간이었어요.

① 방의 불을 끈다.

② 전기 촛불을 켠다.

③ 으스스한 음악을 튼다.

딸깍

☆ 무대 뒤에서도 열심히 하는 이시시와 노시시

플라스틱

전구

불이 모두 꺼지고 벽에 달린 촛불이 켜졌어요.

동시에 으스스한 음악도 흘러나왔어요.

"와! 이 집은 오래된 집 같은데 전부 자동이네."

감탄하는 아이의 말에 대꾸도 없이

조로리 할매는 이야기를 시작했습니다.

이야기가 끝나자 조로리 할매는

"마실 차를 내올게요. 잠깐만요."

하며 방을 나갔어요.

귀신들이 있는 곳으로 돌아온 조로리 할매는
팥갈이 귀신을 불러 말했습니다.
"이히히히, 이 몸이 무서운 분위기를
만들어 놓았어. 진짜 팥갈이 귀신이
등장하면 모두 기절하고 말 거야.
자아, 자신감을 갖고 다녀와!"

미닫이문이 스윽 열리고
푸르스름한 빛 속에서
팥갈이 귀신이 나타났습니다.
사각 사각 사각,
기분 나쁜 얼굴로 팥을 갈면서
히죽 웃었습니다.

그걸 본
선생님이

으
악

비명을
질렀어요.

그러더니 선생님은 팥갈이 귀신에게
달려가서 이렇게 말하는 게 아니겠어요.
"저기요, 이 팥 윤이 반짝반짝 나는 게
정말 좋은 팥이네요. 북쪽 지역에서만 난다는
고급 팥이죠? 제가 식재료에 좀 까다롭거든요.
이렇게 훌륭한 팥은 좀처럼 보기 힘들다고요.

이거면 정말 맛있는 요리를 만들 수

있겠어요. 그렇죠?”

“그렇죠. 이 팥을 알아보는 사람은 거의

없는데 선생님은 보는 눈이 있으시네요.”

팥갈이 귀신은 선생님에게 팥을

칭찬받아서 기분이 좋아졌습니다.

잠시 뒤, 팥갈이 귀신은
팥이 든 소쿠리 대신
단팥죽이 가득 든 솥을
들고 조로리가 있는
곳으로 돌아왔어요.
"이거, 선생님이
만들어 주셨어요.
다 같이 맛있게 먹어요."

찰지고 진한 게
정말 맛있네유.

단팥죽을 먹으며

입맛을 다시는

귀신들을 곁눈질로 흘겨보면서

조로리 할매는 아이들이 있는

방으로 들어갔습니다.

이런
단팥죽은
처음이에유.

"자, 여러분. 단팥죽을 먹은 다음에는
녹차를 드시면 좋아요."
조로리 할매가 모두의 잔에
녹차를 따라 주는 걸 신호로
다시 으스스한 음악이 흘러나왔습니다.
"자, 자, 옛날이야기를 계속할게요."

이야기가 끝나자 조로리 할매는

"잠깐 화장실에 갔다 올게요.

나이가 들면 오줌이 자주 마렵거든요."

라고 말하고 다시 방을 나갔습니다.

귀신들이 있는 곳으로 돌아온 조로리는

백눈이를 불러 말했어요.

"너는 원래 무섭게 생겼잖아.

그냥 나타나기만 해도 얼굴이

새파랗게 질리는 게 눈에 선한걸.

용기 내서 갔다 와."

조로리는 백눈이의 등을 떠밀었어요.

미닫이문이 벌컥 열리며

백눈이가

아이들 앞에

갑자기 들이닥쳤어요.

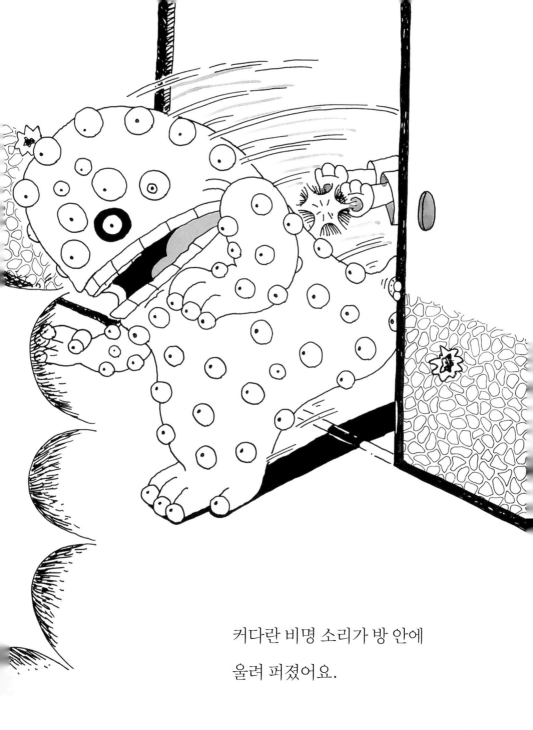

커다란 비명 소리가 방 안에
울려 퍼졌어요.

비명 소리는 아이들이나 선생님이 지른 게
아니라 백눈이가 지른 소리였어요.
"여러분, 움직이지 마세요. 방금 나의 소중한
콘택트렌즈를 떨어뜨렸어요.
밟지 않도록 조심하면서 찾아 주세요.
제발 부탁이에요."

금방이라도 울 것 같은 얼굴로
백눈이가 말했어요.
"어머, 그거 큰일이네."
선생님과 아이들은 바닥에 얼굴을
바짝 들이대고 백눈이와 함께
콘택트렌즈를 찾아 보았어요.

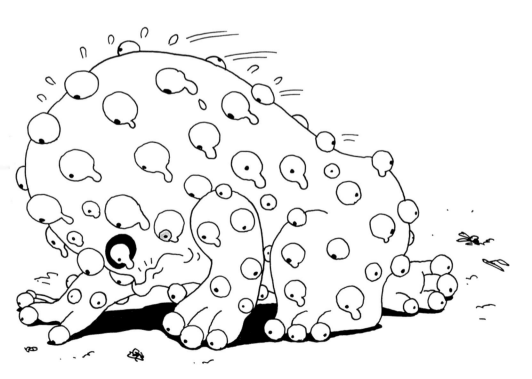

"찾았어요, 찾았어! 모두 고마워요."

백눈이는 기쁜 얼굴로

콘택트렌즈를 조심히 집어 들고

조로리가 있는 곳으로 돌아왔어요.

"어렵게 산 콘택트렌즈인데,

조로리는 화가 나
씩씩거리며
아이들이 있는
방으로 들어갔어요.

못 찾으면 어쩌나
식은땀이 다 났다니까요."
"네가 식은땀을
흘리면 어떻게 해!"

찾아서
다행
이구먼.

"아이고, 죄송해요, 죄송해요.

오줌이 너무 많이 나와서 말이지.

이제 기분도 개운하니

다음 이야기를 시작해 볼까요?"

조로리 할매가 방석에 앉는 걸 신호로

갑자기 방 안에서 비린 냄새가 났어요.

때밝기의 진짜 무서운 이야기

옛날에 목욕을 싫어해서 한달 동안 목욕을 하지 않은 아이가 있었어.

목욕탕의 때를 밝던 때밝기는 그 아이를 보자 때를 밝고 싶어졌단다.

① ② ③ ④

아이가 자고 있을때 살금살금 다가가서 할짝할짝 때를 밝기 시작했어.

밤새도록 때밝기가 때를 밝아서, 아이는 그만 뼈만 남고 말았단다.

이야기가 끝나자

다들 등줄기가

조금 서늘해졌어요.

"이런 이런, 벌써 시간이 이렇게 되었네.

다들 피곤하죠? 이불은 없지만

오늘은 이 방에서 주무세요."

조로리 할매가 자리에서 일어섰어요.

"저기요, 비 때문에 발이 더러운데

자기 전에 목욕을 할 수 있을까요?"

선생님이 부탁하자 조로리가 말했어요.
"안타깝게도 목욕탕이 망가져서
사용할 수가 없답니다.
오늘 밤은 참아 주세요. 이히히히."
조로리 할매는 기분 나쁜 웃음소리만
남기고 방을 나갔어요.

"어쩔 수 없지, 뭐.
노숙한다고 생각하면
이런 곳도 감사하지.
자, 모두 자자."
선생님이 이렇게 말하자
아이들 모두 나란히 누워
눈을 감았어요.
그때였어요.

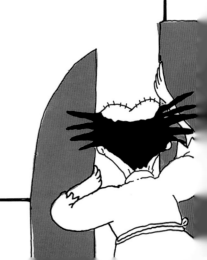

꺄악!

으윽!

으악!

미닫이 문이
소리 없이 열리더니,
때핥기가 얼굴을
쑥 내밀었어요.
그리고 새빨간 혀를
길게 내밀어 더러운 발을
핥았어요.

아이들은
비명을
질렀어요.

하지만 때밀기가 무서워서 일어난 게
아니었어요.
발바닥이 간지러워서 벌떡 일어난 거예요.
어느새 지저분하던 발이 깨끗해졌습니다.
"와, 고마워라. 발이 지저분한 채로 자는 건
정말 기분이 별로거든요."
한 남자아이가 고맙다는 인사를 했어요.

선생님은 조금 화가 나서

"그렇지만 너도 그런 것만 핥는 건

좋지 않아. 배가 아플 수 있다고!

이제부터 핥고 싶으면 이걸 핥도록 해."

라고 말했어요.

때핥기는 선생님이

주는 걸 받았습니다.

때핥기는 선생님에게 받은 걸
핥으며 조로리에게 돌아왔어요.
"조로리 선생님, 찌덕찌덕
이게 뭔가요? 찌덕찌덕."
"그건 초콜릿이잖아!"
조로리는 약간 부러운 듯 말했어요.

"세상에 이렇게 맛있는 것도 있다니!
몇백 년 동안 괜히 때만 핥았네요.
오늘부터 '때핥기'는 그만두고
'초코핥기'가 되겠어요."
조로리는 그 말을 듣고 실망해서
어깨가 축 쳐졌어요.

이제 남은 귀신은 쭈글쭈글

줄어들어 아이들보다 작아진 거대 뭉구리입니다.

"흐음, 이대로 나가면

아무도 너를 무서워하지 않겠지?"

조로리는 팔짱을 끼고 거대 뭉구리를 바라보며

잠시 생각에 잠겼어요.

"좋았어! 아이들이 자고 있는 동안에
올려다볼 정도로 큰 거대 뭉구리 인형을
만들어 주겠어!
그걸 거대 뭉구리가 조종하는 거지.
잘 나가던 시절을 떠올리며 난장판을 만들라고!
앗, 시간이 없잖아. 자, 모두 날 도와라!"
조로리는 얼른 거대 뭉구리 인형의 설계도를
그렸어요.

거대 뭉구리 인형의

아침까지 모두가 힘을 모아 인형을 완성 했어요.

8인승이라 아쉽지만 요괴선생은 탈 수 없겠네.

네. 저는 곁에서 활약하시는 걸 지켜 볼게요.

•오래 기다리셨죠? 이제야 쾌걸 조로리로 변신했어요..

백눈이

•때할기는 오른손 손가락을 조종합니다.

이 인형은 풍선처럼 만들어져서 잘 접으면 옮기기 편하다.

•이 모니터는 눈으로 입력된 바깥 풍경을 보여 줍니다.

적당한 곳으로 옮긴 뒤 발부터 공기를 불어넣어 크게 만든다.

•팔 미터나 되는 거대 뭉구리로 드디어 변신!

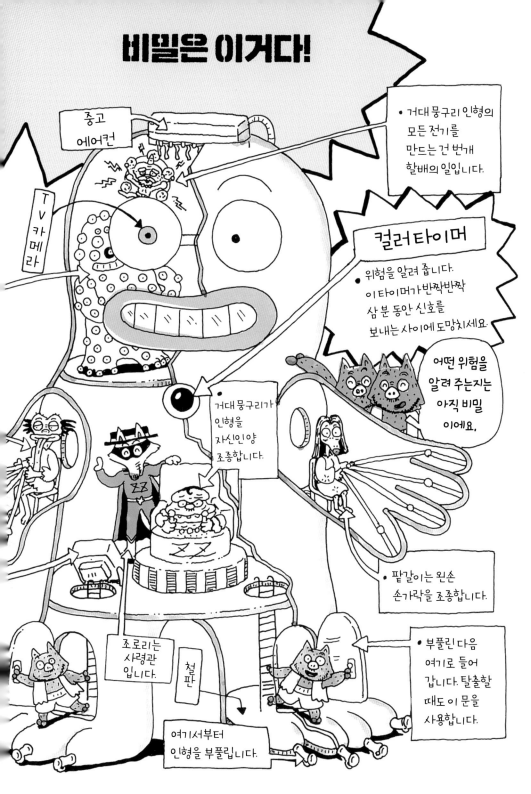

쉿!

조로리 일행은 아이들이

있는 방으로 잘 접은

거대 뭉구리 인형을 옮겼어요.

모두 한꺼번에 바람을 불어 넣자
인형이 부풀어 올랐어요.

우두두두 두두

으아아,
귀, 귀, 귀신
이다!

지붕이 무너지는 소리에
아이들은 잠이 깼어요.
눈앞에 엄청나게 큰
거대 뭉구리가 서 있었습니다.

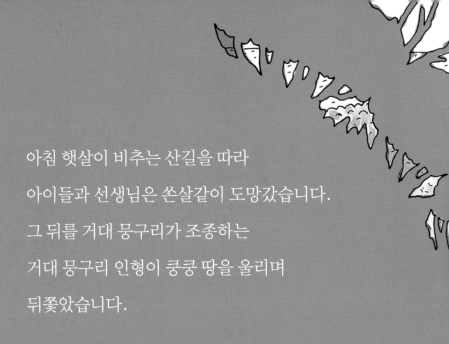

아침 햇살이 비추는 산길을 따라
아이들과 선생님은 쏜살같이 도망갔습니다.
그 뒤를 거대 뭉구리가 조종하는
거대 뭉구리 인형이 쿵쿵 땅을 울리며
뒤쫓았습니다.

그리고
드디어

선생님과 아이들이
절벽 끝에 몰렸습니다.
절벽 아래는
여기저기 바위가
튀어나온 험한
바다였어요.

"선생님, 어떡해요.
더 이상 갈 데가
없어요."

아이들이
소리치며
울던 그때였어요.

거대 뭉구리
인형 가슴의
컬러
타이머가
반짝반짝
빛나지
뭐예요?

뭐야, 뭐야!
무슨 일이야?
이시시, 노시시,
설명해 봐!

반짝반짝반짝

이시시, 노시시가 알려 주는 컬러 타이머의 비밀

중고 에어컨이
망가지면
컬러 타이머가
작동하도록 해 놨어유.

한여름에
에어컨이 고장난
인형 속은
완전 찜통이라서
위험하기 때문이지유.

이시시와
노시시가
말한 대로
인형 속은
조종기가 구워질
정도로
뜨거워졌어요.

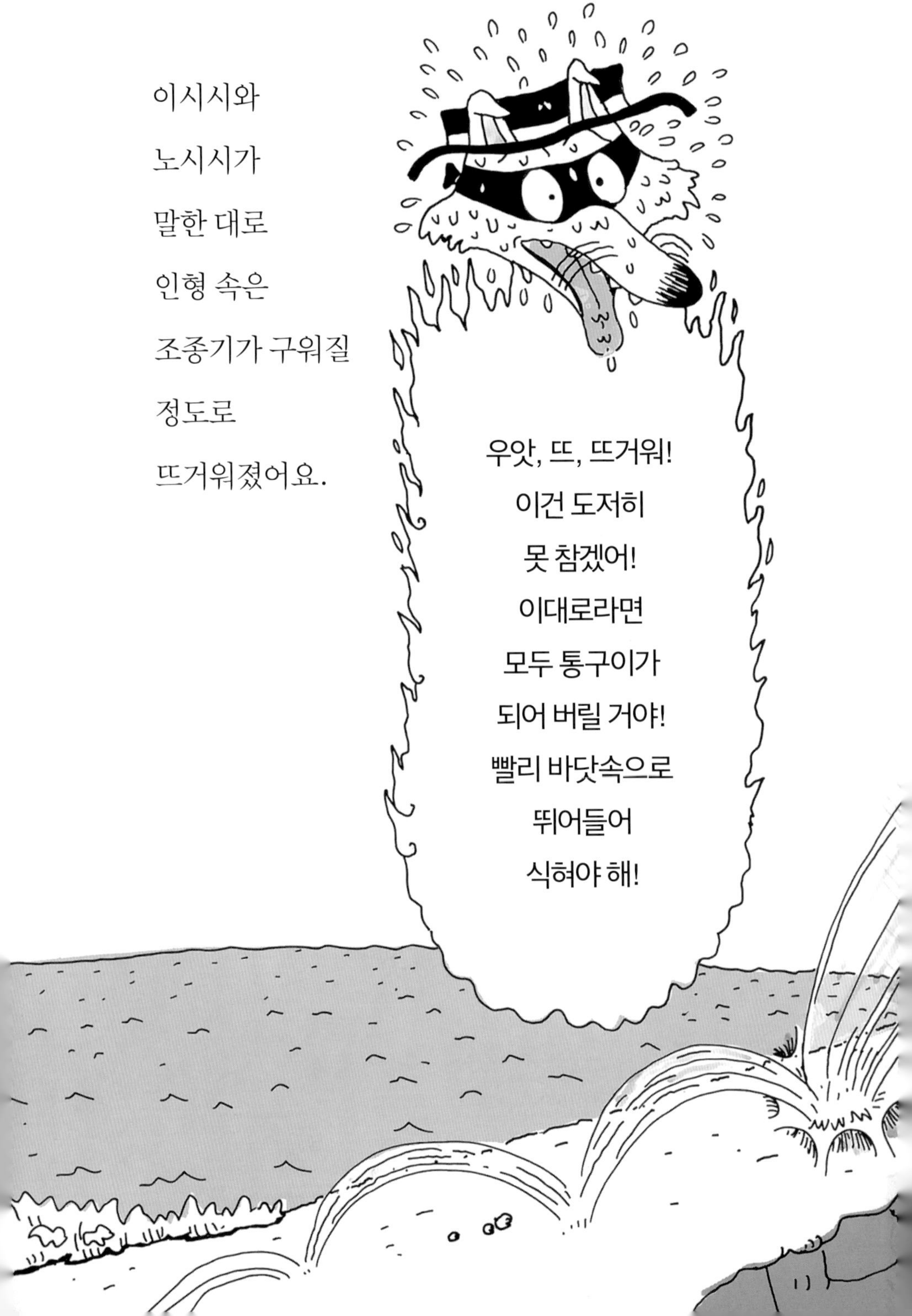

우앗, 뜨, 뜨거워!
이건 도저히
못 참겠어!
이대로라면
모두 통구이가
되어 버릴 거야!
빨리 바닷속으로
뛰어들어
식혀야 해!

조로리가 소리치자
거대 뭉구리 인형은
아이들을 훌쩍
뛰어넘어

바다에 뛰어들었어요.
풍덩!
커다란 물보라를 바라보며
아이들은 중얼거렸습니다.

선생님,
귀신이
정말
있네요!

저, 전
몸이
떨려서
멈추질
않아요.

선생님도
이제부터
귀신이
있다고
믿어야
겠어요!

그 이야기를 나무 그늘에서
듣고 있던 요괴학교 선생님은
"저 아이들에게 귀신의 존재를
믿게 하다니 조로리 선생님은 역시
위대한 분이셔!"
라며 그저 감탄할 뿐이었습니다.

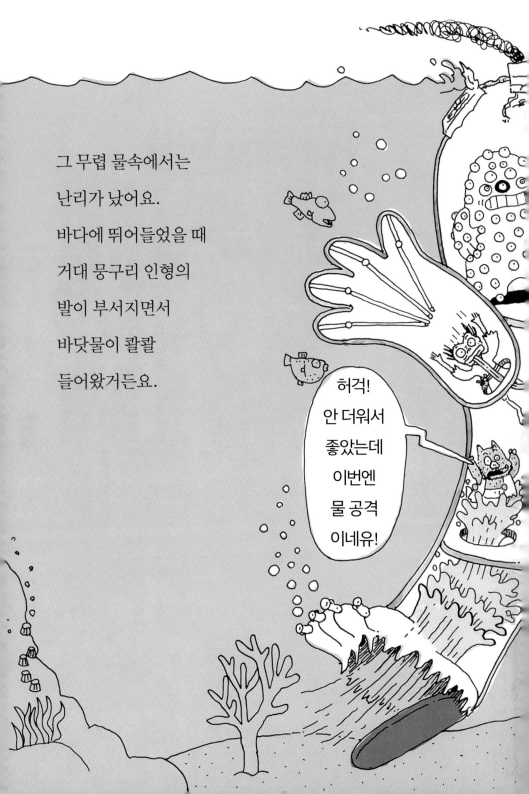

그 무렵 물속에서는
난리가 났어요.
바다에 뛰어들었을 때
거대 뭉구리 인형의
발이 부서지면서
바닷물이 콸콸
들어왔거든요.

허걱!
안 더워서
좋았는데
이번엔
물 공격
이네유!

아니에요. 그때 놀라운 일이 일어났답니다.

지금까지 작았던 거대 뭉구리가

물에 잠긴 순간 점점 커지는 게 아니겠어요?

거대 뭉구리는 나이가 들어

몸에 수분이 빠지면서 쭈글쭈글

줄어들었던 거예요.

바짝 마른 스펀지가 물을 빨아들이는 것처럼

거대 뭉구리는 순식간에 옛 모습으로 돌아갔어요.

인형을 부술 정도로 엄청나게
부풀어 오른 거대 뭉구리는
허우적대는 조로리 일행을 구해서
머리 위에 올려놓았습니다.

그리고 바닷가로 첨벙첨벙

헤엄쳤습니다.

바닷가에 다다른
조로리를
요괴학교
선생님이
방긋방긋
웃는 얼굴로
맞이했습니다.

저 귀신들도 자신감을
되찾은 것 같습니다.
이건 답례라고 하기엔
별것 아니지만
부디 받아 주세요.

정말
수고 많으셨습니다.
아이들이 귀신을
무서워하는 걸 본 게
몇 년 만인지
모르겠어요.

꿀뿡 전화 카드

☆ 조로리가 요괴학교
  선생님에게 받은
  공중전화 카드입니다.
  이 우스꽝스러운
  공중전화 카드가
  다음 이야기의 사건을
  일으킨다고 합니다.

글쓴이 소개

하라 유타카 (原ゆたか)

1953년 구마모토 현에서 태어났다.

1974년 KFS콘테스트 고단샤 아동도서부문상 수상.

주요 작품으로는《자그마한 숲》,《마탄은 마사오군》,

《장갑 로켓의 우주 탐험》,《나의 보물 나막신》,《푸우의 신부름》,

《내 것도 아빠 것처럼 되는 걸까?》,《시금치맨》 시리즈 등이 있다.

옮긴이 소개

김수정 (金洙政)

한림대학교에서 물리학을 공부하고 일본 고베대학교 대학원에서

종합인간과학연구과 연구생 과정을 마쳤다.

어린이들이 재미있게 읽을 수 있는 책을 꾸준히 기획, 번역하고 있다.

옮긴 책으로는《고양이가 된 하루코》등이 있다.

글·그림 하라 유타카
옮김 김수정

개정판 1쇄 인쇄 2024년 12월 1일
개정판 1쇄 발행 2024년 12월 11일

펴낸이 김영곤 **펴낸곳** (주)북이십일 을파소
기획편집 이장건 김의헌 박예진 박고은 서문혜진 김혜지 이지현
아동마케팅 장철용 양슬기 명인수 손용우 최윤아 송혜수 이주은
영업 변유경 김영남 강경남 황성진 김도연 권채영 전연우 최유성
해외기획 최연순 소은선 홍희정
디자인 박지영 **제작** 이영민 권경민

출판등록 2000년 5월 6일 제406-2003-061호
주소 (우 10881) 경기도 파주시 회동길 201(문발동)
연락처 031-955-2100(대표) 031-955-2109(기획편집)
팩스 031-955-2122 **홈페이지** www.book21.com

ISBN 979-11-7117-737-0 74830
ISBN 979-11-7117-605-2 (세트)

다양한 SNS 채널에서 아울북과 을파소의 더 많은 이야기를 만나세요.

| 인스타그램 | 페이스북 | 네이버카페 | 네이버포스트 |
| @owlbook21 | @owlbook21 | owlbook21 | 아울북 and 을파소 |

• 제조자명 : (주)북이십일
• 주소 및 전화번호 : 경기도 파주시 회동길 201(문발동) / 031-955-2100
• 제조연월 : 2024.12.
• 제조국명 : 대한민국
• 사용연령 : 8세 이상 어린이 제품

하라 선생님의 인사말

韓国のみなさん、原作者の原ゆたかです。
ぼくは次々とページをめくりたくなるような
楽しい子どもの本を作りたくて
「かいけつゾロリ」を書きはじめました。
日本では、本を読むのがにがてだった子どもたちも
読んでくれるようになりました。
ぜひ、韓国のみなさんにも楽しんでもらえると
うれしいです。よろしくね。

한국 어린이 여러분, 안녕하세요.
《장난천재 쾌걸 조로리 시리즈》작가 하라 유타카입니다.
저는 어린이들이 계속 보고 싶어 하는
재미있는 책을 만들고 싶어서 《쾌걸 조로리》를 쓰기 시작했습니다.
일본에서는 책 읽기를 싫어하던 어린이들도 이 책을 읽은 후부터
다른 책도 읽게 되었다고 합니다.
한국 어린이들도 꼭 재미있게 읽어 주면 좋겠습니다. 잘 부탁해요.

조로리가
자신감을
찾아 준
귀신들은
어떻게
지내고
있을까요?

번개 할배

☆ 가끔 사람들 집에 몰래 숨어들어
전기를 충전한 후 소나기를 만들며
지낸다고 한다.
(전기세가 보통 때보다 많이 나오면
번개 할배 때문인지도 몰라.)

팥갈이

팥전문점단팥찰밥

고급단팥

맛있는 팥

☆ 팥전문점인 단팥찰밥의 주인이
되었다. 언제나 좋은 팥을 살 수
있다고 소문이 자자하다. 심심하면
팥갈이 귀신으로 돌아가 사람들을
놀라게 하지만 그때도 팥 홍보를 한다.

팥은
역시
단팥
찰밥

사각
사각

거대 뭉구리

☆ 한 번 최고 기록을
세웠지만 2주 정도 뒤
다시 바싹 말라
작아져 버려
바다로 돌아가
'바다빠박이'로
새출발하기로 했다.

선배님, 잘
부탁 드려요.

앗, 너도
바다빠박이가
된 거야?
열심히 해.

• 쾌걸 조로리
《유령선》 편에서
빠박이 성게는
바다빠박이가
되었다.